AF579603

La belle d'un matin de printemps

R.J.P Toreille

La belle d’un matin de printemps

Roman

LE LYS BLEU
ÉDITIONS

ISBN : 979-10-377-1608-8

Chapitre 1
Une jeune paysanne

Au beau matin, le soleil se lève sur une magnifique forêt printanière ornée de fleurs splendides, au fond des bois, dans une chaumière à l'apparence moyenâgeuse.

Dans cette chaumière, à l'intérieur, vivait seule une jeune fille, âgée de dix-neuf ans, aux cheveux bruns attachés, aux yeux dorés, et vêtue d'une robe bleu marine.

Elle était assise sur une chaise en bois et réfléchissait en pensant à ce qu'elle peut faire de la journée.

Il lui vint une idée, elle décida de balayer l'entrée de la chaumière, elle se leva doucement et prit un balai dans un placard.

Elle sortit de la chaumière, avec le balai à la main, et elle balaya l'entrée de la chaumière sur le paillasson.

Mais sans s'en rendre compte, elle se mit à chanter joyeusement quand soudainement, des oiseaux arrivèrent vers elle, étant attirés par cette chanson, et regardèrent la jeune fille chanter et balayer.

Plus loin, pendant qu'elle balayait, elle attira l'attention d'un jeune prince sur un cheval brun.

Cet homme avait les yeux verts et les cheveux blonds, vêtu d'une tenue violette et d'une cape orange.

Il entendit le chant et il dit :

— Où est-ce ? Il faut absolument voir qui est-ce ! raconte le prince.

Sans attendre, il galopa rapidement à toute allure en suivant cette voix qu'il entendit.

Quand soudainement, cette voix disparut et le jeune prince s'arrêta brusquement et attendit quelques secondes.

— J'entends plus rien ! s'attriste le prince.

Mais tout à coup, la voix résonna de nouveau.

Le prince écouta attentivement et regarda sur sa droite.

— C'est plus de ce côté ! s'exclame-t-il.

Il trotte doucement et les quelques minutes qui suivent, il trouva au loin, une chaumière, il se demanda si cette voix était ici, il s'avança en trottant silencieusement, et poussa les branches qui le gênaient sur son passage.

Il descendit de son cheval et vit la jeune fille de dos en train de balayer l'entrée de la chaumière non loin d'un ruisseau orné de fleurs, et d'une voix douce et silencieuse, il se dit lui-même :

— Bon sang ! Ce qu'elle est belle ! murmure le prince.

Il décida alors d'avancer doucement et délicatement vers elle et tient la jeune fille par les bras.

Quand soudainement, elle, près du ruisseau, se retourna vers le prince et prit peur.

Le prince souriant lui dit :

— Bonjour, je vous ai effrayé ? demande-t-il en souriant.

— Non, ce n'est pas ça, mais vous m'avez fait une telle peur, mais qui êtes-vous ? demande la jeune fille.

— Je m'appelle Julien et vous ? se nomme le prince.

— Moi, c'est Mary, répond-elle.

Le jeune homme lâcha Mary et la jeune fille courut rapidement avec le balai en main vers la chaumière, elle y rentra et ferma la porte à clé quand soudain, le prince chanta joyeusement pour Mary.

Très inquiète, Mary posa le balai, et elle entendit le chant de l'homme et décida de sortir de la chaumière et resta immobile à l'entrée.

Mary, heureuse, chanta avec l'homme pendant que les oiseaux autour les observèrent depuis longtemps.

Quelques secondes plus tard, il s'arrêta de chanter et ils s'observèrent sans se quitter des yeux, avec plein de joie entre eux.

Mary regarda Julien et lui expliqua qu'elle doit le laisser.

— Je dois te laisser mais reviens demain à l'aube, je te promets que je t'accueillerai avec plaisir et bonheur, explique Mary.

La jeune fille recula doucement, et ferma la porte de la chaumière, pendant que Julien recula également et retourna vers son cheval, il y grimpa et galopa vers son château en quittant les lieux.

— Je crois que je suis amoureux, j'ai quand même vingt-cinq ans, mais voilà.

Sans oublier la jolie Mary, le jeune prince n'arrêtait pas d'y penser et restait impatient de retrouver cette jolie jeune femme le lendemain matin parce qu'il l'aimait tant.

Le prince Julien tourne sa tête vers l'arrière et se dit :

— Je ne sais pas si je dois y retourner ?

Mais il se rappelle que Mary avait des choses à faire et qu'il devait y retourner demain matin.

Il regarde de nouveau devant lui, et pendant qu'il galope vers son château, Mary était de son côté très joyeuse attendant aussi d'être à demain matin pour revoir cet homme qu'elle pense être son âme sœur.

— Je suis amoureuse, je crois, elle le dit en regardant les oiseaux par la fenêtre.

Sans dire quoi que ce soit, elle rangea la chaumière dans le calme.

— J'espère bien qu'il reviendra, car sinon, je serai très malheureuse, je crois, se dit-elle.

Mais Mary sans réfléchir pensa aux affaires qu'elle doit gérer depuis la disparition de ses parents.

Après avoir rangé l'intérieur de la chaumière, Mary s'assit sur une chaise en bois, et devant elle, des papiers qu'elle trie avec soins.

Elle tombe sur un papier qui attire son attention.

Elle le prit délicatement et vit que c'était une lettre écrite par sa mère et son père juste avant de mourir.

Mary avec des larmes aux yeux lit le texte écrit.

Puis, une photo tomba à terre, elle regarda alors la photo et la ramassa avec beaucoup de peine en elle.

Sur cette photo étaient représentés ses parents.

— Maman, Papa, puisse vous, être fière de moi, aujourd'hui, depuis cinq ans, raconte Mary.

Elle posa doucement la photo et fondit en larmes, les oiseaux, qui la regardent, sont attristés de la voir ainsi.

La nuit commença à tomber, c'était un magnifique coucher de soleil, Mary en pleure, leva doucement sa tête et sécha ses larmes, elle se leva de sa chaise et se dirigea vers sa fenêtre, et l'ouvrit doucement, puis elle regarda le soleil se coucher et dit :

— J'ai hâte d'être à demain de revoir cet homme.

Les oiseaux à ses côtés approuvèrent Mary, elle ferma la fenêtre, et s'assit sur un fauteuil devant un feu de cheminée.

— Je vais dormir, dit Mary en posant une couverture sur elle.

Juste en fermant ses yeux, Mary finit par s'endormir très rapidement, et les oiseaux s'endormirent autour d'elle.

Chapitre 2
La Sorcière Rouge

Quelques heures plus tard, sous une nuit de printemps, la lune brille et les fleurs dorment.

La jeune fille pensa tellement à l'homme qu'elle a rencontré dans son rêve qu'elle parla même dans son sommeil paisible.

Mais plus loin, dans les collines au fin fond des forêts très sombres, était localisée une caverne souterraine de feu, lieu démoniaque et malveillant occupé par des êtres maléfique et aux pouvoirs importants.

Dans cette caverne vivait une méchante femme, totalitaire et diabolique.

Elle se prénommait la Sorcière Rouge, femme imposante à la peau rougie, d'une somptueuse robe rouge brillant, coiffée d'un chignon et d'une tresse noire et également ses yeux rouges comme le feu.

Elle tourne dans tous les sens et comme à son habitude, elle se lamente sur tout et n'importe quoi de ce qu'elle voyait.

Elle tourna dans tous les sens, dans une grande salle où le feu domine, et ses sbires, des petites créatures des ténèbres y étaient présentes, quand la Sorcière Rouge cria en s'énervant :

— Vous êtes des imbéciles et des bons à rien, déjà dix années, vous n'avez jamais capturé le prince ! s'énerve-t-elle.

— Oui, mais nous avons fait de notre mieux pour le capturer, mais ce misérable nous échappe chaque fois que nous l'interceptons, répondit un sbire.

Soudainement, un animal arriva et se posa sur le trône de la Sorcière Rouge, la méchante femme se retourna vers cet animal qui était une chauve-souris grise.

Sous les yeux de l'animal, la Sorcière Rouge se mit rapidement en colère :

— Je vous laisse encore une dernière chance, si vous échouez encore une seul, mais une seule fois votre mission, je ferai le travail moi-même !

— Bien. À vos ordres, répond un autre sbire.

La méchante femme, cruelle et diabolique, se retourna vers son trône et s'assit en réfléchissant attentivement, pendant que les sbires de la Sorcière Rouge quittèrent la grande salle où le feu domine profondément, et se réunissent dans une autre pièce afin d'établir un plan d'action pour capturer le prince Julien.

Pendant leurs discussions, un sbire arriva précipitamment dans la pièce où se trouvent les autres sbires, et lui confirma une découverte surprenante.

— J'ai un moyen de capturer le prince Julien, explique-t-il.

— Lequel, si je peux me permettre ? demande un autre sbire.

— Venez avec moi, répondit-il.

Tous les sbires rejoignent la grande salle où se trouve la Sorcière Rouge.

Quand le sbire s'approcha d'elle et se mit à genoux.

D'un ton très bas, il lui explique :

— Madame, j'ai de bonnes nouvelles à vous communiquer.

La Sorcière Rouge leva sa tête et d'un sourire diabolique, elle lui demande :

— Donne-moi la bonne nouvelle que je ris tellement ! s'exclama-t-elle.

— J'étais dans la forêt pour surveiller le prince Julien, quand soudainement, il est tombé amoureux d'une jeune fille dans les bois, explique-t-il.

— Et alors ? dit la méchante femme.

Le sbire la regarda dans les yeux, pendant que la sorcière caressa sa chauve-souris.

— Je pensais la capturer, car c'est la seule chance de mettre la main sur le prince Julien et pour vous conquérir le pouvoir, répond le sbire.

La sorcière commença à rire diaboliquement et sans réfléchir, elle dit et ordonne :

— C'est une très bonne idée ! Les autres, retrouvez-la et capturez-la immédiatement, c'est un excellent moyen de mettre la main sur ce maudit Julien ! décrète en ordonnant la Sorcière Rouge.

Les sbires la regardèrent et sans dire un seul mot, ils reculent doucement et se dirigent vers l'extérieur de la caverne souterraine de feu, pendant que la sorcière dit en elle-même :

— J'aurai cette fois-ci sa peau à Julien ! rit la Sorcière Rouge.

Assise sur son trône en métal bronze, la méchante femme leva sa tête et regarda ensuite sa chauve-souris présente sur le côté gauche du trône.

Elle s'imagina alors de réussir son plan et d'être au pouvoir dans tout le royaume.

— Si j'ai le prince Julien, je serai fière de moi ! rit-elle.

Sans dire un seul mot, elle se mit à réfléchir sérieusement, tout en caressant sa chauve-souris.

L'animal vola et se posa sur l'épaule gauche de la sorcière.

— Mon petit animal, bientôt nous gagnerons cette bataille. Depuis des années que j'attends ce moment, s'exprime-t-elle.

Pendant qu'elle caresse son animal de compagnie, les sbires, à l'extérieur, s'approchent de plusieurs chevaux noirs, mais un sbire raconte :

— Mais où est cette fille ? demande-t-il.

— Suivez-moi, je vous y conduis, répond le sbire qui a fait cette découverte.

Ils trottent avec leurs chevaux sur des petits pas, et arrivent dans une grande forêt sombre de nuit.

Dans cette nuit, rien n'arrête les sbires, pendant qu'ils trottent, une silhouette ressemblant à la Sorcière Rouge, se mit en travers de leurs chemins.

Elle explique méchamment aux sbires :

— Si vous ne me ramenez pas la fille dans la caverne, je vous tuerai sans pitié, explique-t-elle en menaçant les sbires.

— Bien à vos ordres ! répondent tous les sbires.

La silhouette de la sorcière disparaît sous leurs yeux, et l'armée de la sorcière continua leur chemin.

— Je crois que je me suis trompé de chemin, raconte le sbire.

— C'est pas vrai, non, nous allons être tués ! s'exprime un autre sur sa droite.

Ils se regardent dans les yeux et continuent le chemin, jusqu'à la chaumière où vit Mary.

Pendant qu'ils trottent dans la forêt, dans la caverne de feu, la sorcière s'approcha d'une grande table ronde et dit :

— Les sbires auront affaire à autre chose que des branches d'arbre moisies !

Elle effleura la table, et une image se découvrit, c'était Mary qui dormait.

— C'est elle, sa beauté, je l'admets est magnifique, avoue la Sorcière Rouge en s'adressant son animal.

La chauve-souris poussa un petit grincement aigu, en approuvant sa maîtresse.

La Sorcière Rouge caressa son animal et le prit dans ses bras, et d'un seul coup, elle se mit à rire devant la table de joie et de méchanceté.

Son rire était entendu dans les alentours de la caverne souterraine de feu.

Chapitre 3
Une étrange découverte

Dans la chaumière, toujours dans cette nuit, Mary était toujours allongée dans le fauteuil, en train de dormir.

Mais brusquement, elle se mit à se réveiller d'un seul coup.

Elle manquait de sommeil, alors, elle se leva doucement du fauteuil, et regarda le feu.

Elle prit un tisonnier et s'occupa du feu, pendant que les oiseaux dorment encore.

Après s'en être occupée, elle regarda le plafond de bois, en pensant à Julien, l'homme qu'elle aime et à rien d'autre.

— Qui est cet homme charmant, je ne sais pas ce qu'il fait dans la vie, chuchote Mary.

Dans la chaumière, la lune brille tellement dans la nuit, que Mary regarda par la fenêtre, en étant très discrète.

Elle essaya de penser à d'autre chose, mais rien n'arriver à faire oublier l'image de Julien dans la tête de Mary.

— Je n'arrive pas, j'ai hâte d'être au lendemain, se raconte-t-elle avec des larmes aux yeux.

Elle essuya ses propres larmes avec sa main droite.

Quelques secondes après, elle se dirigea vers une étagère et observa longuement les livres posés dessus.

— Alors, je vais lire quoi, Il y a la saga Raphaël, Éléonore, Théodore, tout compte fais je vais prendre la saga Raphaël, dit-elle.

Elle prit le livre blanc, et marcha doucement vers une table et s'assit sur une chaise en bois et elle feuilleta le livre.

Très concentrée elle dit discrètement :

— J'aime beaucoup cette histoire de jeune guerrier qui rencontre son prince charmant, raconte-t-elle discrètement.

Elle prit alors le temps de lire, mais après quelques minutes, elle décide de changer de livre.

Elle ferma le manuscrit tranquillement se leva doucement en toute discrétion, et rangea le livre sur l'étagère, et en prit un autre en réfléchissant très bien.

— Je vais prendre lui, l'histoire du royaume.

Entre ses mains, elle feuilleta les pages en tournant dans tous les sens, quand soudainement, elle cherche quelque chose de précis.

En feuilletant les pages, la jeune fille découvrit une image étrange qui lui semblait pas inconnue pour elle.

Cette image attira son attention quand ses souvenirs surgissent.

— Mais, je le connais, c'est l'homme d'hier, s'étonne Mary.

Elle se mit à sourire d'une joie immense, quand soudainement, elle entendit un bruit étrange.

Elle posa le livre sur la table et alluma une bougie blanche posée sur un bougeoir et le prit et sans réveiller les oiseaux qui dorment tranquillement, elle regarda la fenêtre, et elle vit, un écureuil, qui attendait dehors sous la nuit.

Mary s'approcha de la fenêtre avec le bougeoir qu'elle avait allumée, et la posa sur un meuble sur sa droite.

Avec son sourire éclatant, elle ouvra la fenêtre et prit l'écureuil dans ses mains et la caressa doucement.

— Que fais-tu dehors, ma belle ? demande Mary en chuchotant.

Mais elle regarda la forêt et voit d'autres animaux la rejoindre sous la pleine lune qui brillé.

Son sourire était tellement fort, que les animaux rentrent dans la chaumière de Mary en silence.

— Rester calme mes amies, vous êtes des magnifiques animaux de la forêt, dit-elle.

Elle regarda une dernière fois la pleine lune et pensa toujours au prince Julien qu'elle a découvert qu'il était réellement un vrai prince souverain du royaume.

— J'espère qu'il viendra, je suis sûr que Julien sera présent demain. Explique Mary dans son magnifique sourire.

Mary posa délicatement l'écureuil sur le meuble de gauche, et referma la fenêtre silencieusement en regardant toujours la pleine lune étincelante, et se retourna et s'assit sur son fauteuil.

— Je m'endors dans ce bonheur, soupire Mary avant de fermer ses propres yeux aux iris dorés.

Mary s'endormit vite, et tout le monde dorment et un oiseau bleu, vole dans la chaumière et éteignit la bougie avec sa queue et vole doucement vers Mary et finit par s'endormir paisiblement devant le feu de la cheminée.

Le soleil se lève sur la forêt printanière.

Vers l'horizon, le soleil brille d'un magnifique jaune étincelant.

Mary se leva doucement, s'étira, et bâilla en même temps que les animaux présents dans la chaumière.

Elle regarde les animaux et dit :

— Bonjour, vous avez bien dormi ?

Les oiseaux sifflent de joie, pendant que Mary les salua joyeusement.

Mais comme son habitude du matin, elle explique comme toujours :

— Je vais me laver dans le ruisseau, raconte-t-elle.

Elle sort de la chaumière et s'approche du ruisseau, et s'agenouille, et fait tremper ses mains dedans.

— Elle est froide, bon sang, de bonsoir !

La jeune fille frotta ses mains, ainsi qu'elle asperge son visage d'eau.

Aveuglée par l'eau du ruisseau, elle chercha une serviette sèche dans le coin, mais les écureuils arrivent à plusieurs, avec une serviette blanche.

Il la donna à Mary, et le prit dans ses mains et essuya son visage et ses mains.

— Merci, je suis heureuse de vous compter parmi mes amies.

Un écureuil, grimpa sur l'épaule de Mary, et avec sa tête, il caressa la jeune fille, qu'elle lui rend son amour.

— Je serai toujours là pour vous, je suis prête même à accepter les risques.

Mais d'un seul coup, elle se mit à chantonner d'une grande joie.

Après sa petite chanson courte, elle retourne dans sa chaumière, suivie des animaux de forêt.

— Allez, je rentre, le printemps du matin est très frais, je vais refroidir comme un glaçon, s'amuse la jeune fille.

Elle rentra de nouveau dans la chaumière, après que les animaux furent rentrés, elle ferme la porte doucement.

— Je vais changer de vêtement, explique-t-elle.

Elle rentra dans sa chambre et se mit derrière le paravent, et fait sa toilette et change de vêtement, et se mit de nouveau à chanter.

Elle est aidée par les animaux qui préparent des vêtements de rechange, et d'autres aident Mary à se laver.

Après quelques minutes, et elle s'assit sur une chaise en argent et attacha ses cheveux avec un ruban vert.

Elle décide de retourner dans le séjour et retrouve le fauteuil vert, qu'elle s'assoit.

Les animaux regardèrent Mary qui commença à s'inquiéter.

Mary leur explique tranquillement.

— Il va venir, faut juste de la patience, maintenant, c'est pour ça que je me suis mise si belle comme un matin de printemps.

Mary assise, elle attend avec beaucoup d'impatience l'arrivée du prince Julien qu'elle aime tant depuis leur premier regard.

Chapitre 4
La fée Argentée

Quelques heures suivent, Mary était assise sur son fauteuil, elle n'arrête vraiment pas de penser à Julien, cet homme qu'elle n'oubliera jamais de sa mémoire.

Sans se douter, elle finit par se lever silencieusement, pendant que les animaux l'observent aux détails près.

Elle remarqua rapidement que Julien n'était pas venu, et l'après-midi été déjà présent.

— Il devait venir ce matin, s'attriste-t-elle.

Mary regarda l'horloge et voit qu'il était quatorze heures de l'après-midi.

— Il ne viendra pas, raconte Mary avec des larmes aux yeux.

Mary essaya de se retenir, mais la tristesse prend le dessus sur elle.

Elle fondit en sanglot, et quitta la chaumière en pleure et ce refuge près des ruisseaux non loin de chez elle.

La jeune fille se mit à terre, et pendant qu'elle pleurait, les animaux la suivent, et montrent leur tristesse pour Mary.

— Il ne viendra pas, j'en suis sûre, il ne viendra pas, c'était qu'un rêve, pleure-t-elle.

Elle leva sa tête et remarqua quelque chose qui brille au fond du ruisseau.

Avec étonnement, elle se demandait ce que c'est.

— C'est quoi au fond de l'eau ? se demande-t-elle.

Elle sèche ses larmes de tristesse et plonge ses propres mains au fond du ruisseau.

Après quelques secondes, après avoir plongé ses mains dans l'eau, et découvre une boîte en or massif.

— C'est une boîte, je me demande ce qu'elle contient ? explique Mary en regardant les animaux s'approcher d'elle.

Elle posa tendrement sa main sur la boîte en or, et ferma les yeux, quand tout à coup, la boîte se mit à briller d'une lumière forte.

— Que ce passe-t-il ! cria Mary en reculant rapidement avec les animaux.

Soudainement, la boîte redevient normale, et la jeune fille s'approcha et prit la boîte et rentra dans la chaumière avec les animaux qui l'accompagne.

— Je vais l'ouvrir quand même, on ne sait jamais, explique-t-elle.

Dans la chaumière, elle posa la boîte sur la table, et ferme ses yeux, et prend une profonde respiration.

Sans réfléchir, elle ouvra la boîte et une lumière domine la pièce avec des étoiles argentées qui tournent autour d'elle et des animaux.

Prit de panique Mary s'inquiète :

— Je crois que j'ai fait une bêtise, s'inquiète Mary.

Elle regarda la lumière et les étoiles argentées, et vit, une silhouette se former devant elle.

— Mais que ce que c'est que cela ? demande la jeune fille en souriant.

Les animaux regardent également, la silhouette.

Ils virent, une fée, blonde, avec ses ailes transparentes, vêtue d'une robe argentée, à la peau bien blanche.

C'est dans son sourire qu'elle dit :

— Merci, jeune Mary de m'appeler, depuis le temps, que je ne suis pas sortie de ma boîte, explique-t-elle en remerciant Mary.

Mary, étonnée demanda rapidement à cette fée :

— Mais qui êtes-vous ? demande-t-elle.

— Je suis une fée de couleur argentée, répondit la fée argentée.

La jeune fille sourit, de joie et une autre question, lui vient en tête :

— Comment connaissez-vous mon nom ? demande Mary, très incrédule.

La fée lui expliqua qu'elle avait auparavant connu les parents de Mary, et qu'elle les avait aidés autrefois.

— Vous les avez connus ? sourit en demandant Mary, la jeune fille.

— Oui, bien entendu, je suis ici, pour vous aider à revoir le prince Julien, que tu aimes tant au fond de ton cœur, raconte la fée argentée.

Mary recule, pendant que la fée s'approcha d'elle, à petits pas.

C'est dans un doux ton, que la fée dit :

— Ne craint rien, je ne te ferai aucun mal, tu as confiance en moi, je suis là pour t'aider et te protégé, mon enfant.

Mary montre ses propres larmes et raconte sa tristesse à la fée :

— Julien devait venir ce matin, mais il n'est pas venu, pleure-t-elle.

La jeune fée posa ses mains sur les épaules de Mary, et lui raconta une histoire.

— Julien n'a pas oublié, il a sans doute eu un empêchement, qui ne lui a pas permis de venir te voir ce matin, ma jeune Mary, alors sèche tes larmes et j'ai eu une belle idée en tête.

Mary, sèche ses larmes et regarda la fée argentée, et se demande que pouvait bien être son idée qu'elle a en tête.

La fée lui expliqua la solution et lui dit, que si elle souhaite revoir, le prince Julien, c'est d'aller le voir dans son château.

— Il faudra que tu ailles le voir dans son château, il sera heureux de te voir, même s'il y a eu un empêchement, car s'il t'aime, il a sans doute essayé de te prévenir, et tu lui montres ton amour véritable, explique de joie la fée.

Mary tombe totalement d'accord, et décide sous l'œil des animaux qu'ils l'entourent, de partir le rejoindre dans son château.

Mais elle se demande où se trouve le château du prince Julien, et dans un ton inquiet elle demande :

— Où est le château de Julien, je ne connais pas son emplacement.

— Le château du prince se trouve au nord, tu devras passer la forêt et la fontaine blanche et c'est juste derrière, au-delà de cette fontaine blanche, conseille la fée.

La jeune fille remercia la fée, quand soudainement, au moment où elle s'apprête à quitter la chaumière, la fée la stoppa et lui dit :

— Tu devrais aller avec une belle robe, je sais ce qu'il te faut.

— Une robe, je suis bien comme ça, ma fée, répondit Mary.

La fée sort une baguette magique et prononce un sortilège magique.

C'est dans cette lumière que le pouvoir de la baguette tourne autour de Mary et fit apparaître une magnifique robe marron comme la terre avec des boucles d'oreille, un collier de mêmes couleurs, et un ruban jaune dans ses cheveux.

— Ce qu'elle est belle, j'ai jamais vu une robe aussi magnifique, dit Mary toute joyeuse.

Elle se mit devant un miroir et remarqua les chaussures qui étaient en or massif.

— Des chaussures en or, tout est merveilleux, c'est un rêve qui est enfin une réalité, depuis la mort de mes parents dans un terrible accident de chariot.

La fée, raconte que la robe est faite selon, les goûts de la jeune princesse, et remarqua le soleil se couché, c'est la fin de l'après-midi.

Le soleil se couche et la fée demanda à Mary de partir tout de suite retrouver le prince Julien, dans son château au nord, et au-delà de la fontaine blanche.

Elle quitta la chaumière avec les animaux et dit à la fée qui se trouvant devant la porte :

— Merci, ma fée !

La fée salua la jeune Mary, et disparaît dans les aires.

Mary marcha et rentra dans la forêt et fait tout son possible, pour aller plus vite jusqu'au château du prince Julien, qu'elle est impatiente de retrouver.

Chapitre 5
Près de la fontaine

Pendant sa marche, elle découvrit qu'elle vivait dans une forêt magique, c'est dans ce ton joyeux qu'elle s'exprime ainsi :

— Je ne savais pas que cette forêt était magique, raconte Mary.

Les arbres étaient coloriés de plusieurs teintures, alors elle regarda les animaux qui la suivent :

— Quelle est magnifique cette forêt, j'aime beaucoup les couleurs printanières. Vous trouvez pas ? sourit-elle.

Les oiseaux, comme les animaux la regardèrent profondément et sourient joyeusement, mais pour eux, la nuit allait bientôt tomber sur la forêt.

Mary leur donna raison, et sans perdre de temps, elle décide d'y continuer à marcher dans cette fameuse forêt.

Pendant qu'ils marchent, ils regardent partout autour d'eux.

Ils virent ensuite de magnifiques arbres à fruits et de magnifiques fleurs qui ornaient la forêt.

— J'adore ce magnifique décor, les fleurs sont tellement belles et pleines de couleurs, raconte Mary.

Elle s'avança délicatement vers ces fleurs colorées, puis se mit à genoux très lentement, et regarda très longtemps, le paysage qui l'entoure.

En regardant ensuite les fleurs, les animaux s'approchent d'elle, pendant que Mary cueillit des pâquerettes aux nombreuses couleurs.

— Dommage qu'il n'y ait pas de rose rouge pour les offrir à Julien, mais je pense qu'il aime les pâquerettes, explique la jeune fille en cueillant ces fleurs.

Mais quelques minutes plus tard, elle sentit une très grande fatigue, elle se lève doucement avec les fleurs qu'elle avait cueillies, et décide de continuer le chemin, avec sa fatigue.

— Je vais continuer un peu, j'y arrive demain au château de Julien.

Pendant sa marche, suivis par les animaux dans ce crépuscule, ils regardent le soleil se coucher.

— La nuit va bientôt tomber, je m'arrête quand il fera noir, explique Mary.

Mais soudainement, elle entendit un craquement dans les bois, elle se demandait ce que c'était.

— C’était quoi ? murmure-t-elle.

Les animaux s’avancent dans les forêts pour vérifier qu’il n’y a personne, sans trouver de trace, ils rejoignent Mary.

Sans y penser, ils marchent tranquillement.

La nuit tomba sur la forêt, ils arrivent dans le centre de la forêt.

Mais une lumière blanche attire, la jeune fille.

— Il y a une lumière blanche au fond, que peut-il s’agir ? se questionne-t-elle.

Elle s’approcha de cette fameuse lumière qui l’attire, mais en s’approchant, elle trouva une magnifique fontaine blanche, avec autour d’elle, des arbres aux fruits rouges, ainsi qu’une magnifique verdure et des fleurs.

Elle comprit alors qu’elle n’est pas loin du château du prince Julien

Toute joyeuse elle s’approcha de la fontaine blanche, dont la végétation grimpa sur la fontaine.

— Elle est superbe cette fontaine, je la trouve pleine de joie et de bonheur, raconte Mary aux animaux.

Mary s’approcha de la fameuse fontaine, et regarda son reflet dans l’eau qui coule.

Elle plongea alors sa main dedans et dit :

— Le château de Julien, n’est plus très loin, demain j’y serai.

Mais tout à coup, elle se mit à chanter, pendant que les animaux s'approchent d'elle.

Elle prit les oiseaux et les autres animaux dans ses bras, et le bonheur prend le dessus sur elle.

Après avoir terminé sa chanson, l'endormissement prend le dessus sur elle, et d'un seul coup, Mary s'allongea à terre et avant de s'endormir sur l'herbe et les fleurs, elle raconte :

— J'ai hâte d'être à demain retrouver Julien, eh oui, comme dit la fée, vaut mieux faire tout soi-même.

Et puis Mary s'endormit dans la joie et l'amour en souriant dans un sommeil profond, ainsi que les animaux s'endorment aux côtés d'elle.

Quelques heures suivantes, la nuit étoilée envahit la forêt, mais dans le coin, un bruit se fit entendre.

Sans réveiller tout le monde, des chevaux arrivent discrètement vers la fontaine blanche.

En joie de méchanceté, ils retrouvent, la jeune fille dans sa robe marron, comme la terre endormie avec les animaux autour d'elle.

— Nous l'avons trouvé enfin, notre maîtresse sera fière de nous, chuchote un sbire.

— Je suis d'accord avec toi, mon ami, répondit en chuchotant, un autre sbire.

Un sbire demanda à un de ses amis de prendre la jeune Mary en silence sans réveiller les animaux qui dorment autour d'elle.

L'un d'entre eux se porte volontaire pour cette tâche.

— Bien, j'y vais ! explique un autre sbire.

Il s'approcha de Mary encore endormie, et ensuite après avoir évité de toucher les animaux sans les réveiller, il l'atteint.

Il s'agenouille et porte Mary dans ses bras et retourne auprès de ses compagnons.

Arrivé, il dit :

— Rentrons, notre maîtresse nous attend, murmure-t-il.

— La Sorcière Rouge nous récompensera, explique un autre sbire tout joyeux.

Ils s'approchent de leurs chevaux, et placent Mary, sur plein ventre sur l'un d'entre eux.

— En route maintenant, décrète un sbire.

Ils quittent la forêt et la fontaine blanche rejoindre la caverne souterraine de feu habitée par la Sorcière Rouge.

Pendant que les animaux dorment, face à la fontaine blanche, ils ne se soucient pas de l'enlèvement de Mary.

Paisiblement, ils gardent leurs sourires dans leurs sommeils profonds.

C'est dans cette nuit que les sbires de la Sorcière Rouge trottent, sous le noir de la nuit.

— La sorcière aura la peau du prince Julien, explique l'un d'entre eux.

— Elle est une très bonne magicienne, son plan fonctionnera, puisque Julien viendra vers nous pour récupérer sa bien-aimée, répondit un autre sbire.

Mais soudainement, un sbire s'arrêta brusquement, et regarda un point fixe.

Il pense voir un étrange objet, alors il décide d'aller voir.

— Je reviens dans une minute, je vais vérifier quelque chose, explique-t-il.

Il trotta doucement vers cet objet et aperçoit une sorte de clé.

— C'est une clé ? Je me demande à quoi elle peut servir, se dit-il.

Il saisit la clé et retourne vers ses amis rejoindre la caverne de la Sorcière Rouge.

— Tu as vu quoi ? demande un sbire.

— Une clé nous allons le remettre à elle, répondit son ami.

En trottant doucement, ils réfléchissent sur l'endroit d'où vient la clé.

Après quelques minutes, ils sortent de la forêt, et galopent à toute vitesse, et ensuite, ils arrivent à l'entrée de la caverne souterraine de feu, en espérance que la sorcière les félicitera, et les récompensera tous.

Chapitre 6
Dans l'antre de la sorcière

Devant l'entrée de la caverne souterraine de feu, les sbires descendirent de leurs chevaux

— Nous avons accompli notre mission.

Au moment où ils allaient rentrer dans la caverne, les sbires de la sorcière restent immobiles, craignant tellement la Sorcière Rouge.

— Qui rentre en premier ? s'inquiète un sbire.

Personne ne répondit à la question du sbire, quand un moment donné un autre décide de répondre à sa question :

— Poule mouillée ! J'y vais moi ! s'exprime un sbire de la Sorcière Rouge.

Le sbire qui avait parlé portait Mary dans ses bras, tout endormie dans son profond sommeil.

Il rentra dans la caverne de feu sans crainte, sous le regard terrorisé des autres sbires.

Ils rejoignent, la grande salle ou la Sorcière Rouge y est assise sur son trône caressant et prenant soin de sa chauve-souris.

La sorcière vit ses sbires arriver devant elle, et aperçoit la jeune fille.

— Nous l'avons retrouvé la fille !

La sorcière se leva de son trône, pendant que la chauve-souris se posa sur l'épaule de sa maîtresse.

Elle descendit les marches et s'approcha de ses sbires, avec comme parole :

— Très bien, très bien ! Approche là de moi ! ordonne la Sorcière Rouge.

Le sbire qui porta Mary s'approcha de la sorcière et la posa à terre.

Il recula ensuite et tous les sbires se placent autour de la salle.

— J'aurai la peau de Julien, oui, je l'aurai ! s'exprime-t-elle dans son sourire barbare.

Quelques heures suivent, la caverne y était éteinte, la sorcière y était toujours devant Mary assise sur son trône attendant le réveil de la fille, quand un moment donné, Mary remua le corps et les yeux.

Elle ouvrit les yeux et ne comprend pas pourquoi elle est ici.

Alors elle se questionne :

— Où suis-je ?

Elle se leva doucement dans sa robe marron comme la terre.

Elle marcha dans tous les sens, et sens la chaleur venir en elle.

— Tu es ici dans ma caverne, sois la bienvenue jeune fille ! s'exprime la Sorcière Rouge.

— Qui est là ? fait-elle la demande avec une angoisse de panique.

La caverne de feu se mit à se rallumer et Mary était éblouit pas la lumière du feu.

La Sorcière Rouge descendit les marches et dit :

— Tu es enfin réveillée, quel bonheur, que tu sois encore en vie à la suite de la chaleur du feu ! explique-t-elle très méchamment.

— Qui êtes-vous ? demande Mary un peu agacée.

Sans dire un mot, la Sorcière Rouge demanda à Mary de la suivre dans une nouvelle pièce.

— Suis-moi, gentille fille !

Mary la suivi avec anxiété et arrivent dans une moyenne pièce et elle regarda la Sorcière Rouge devant une table face à elle.

— Tu es ici dans ma caverne souterraine de feu, et tu ne sortiras jamais d'ici, tant que ton merveilleux, talentueux et beau prince Julien ne vienne à ton secours !

— Que voulez-vous de moi au juste ! s'exprime Mary.

La sorcière effleura la table et montre une image à Mary.

Sur cette image, le prince Julien apparaît, il était pressé de quelque chose, mais quoi ?

La sorcière alors prononce avec cruauté :

— Tu pourras parti d'ici, uniquement quand Julien arrivera ici, tu es mon pion dans mon jeu !

Mary prit peur, et se retourna vers la sortie, mais les sbires de la méchante femme, lui bloqua le passage.

— Laissez-moi passer ! hurla Mary.

— Tu ne partiras pas d'ici ! crient les sbires.

Mary regarda la Sorcière Rouge avec méchanceté, et la méchante sorcière répondit avec un violent ton :

— Tu ne sortiras pas d'ici, j'attendrai le prince Julien, qu'il vienne et là je l'abattrai et je prendrai contrôle sur le royaume à jamais ! explose de joie la Sorcière Rouge.

Alors, la sorcière décrète à ses sbires d'enfermer la jeune dans une cage de feu et de faire leur possible pour que Julien vienne la chercher.

— Enfermé là dans la cage de feu, et essayer de trouver un moyen afin que ce misérable prince sache que sa bien-aimée est ici ! décrète-t-elle.

— Bien à vos ordres ! crient les sbires.

Ils prennent Mary par les bras et la fit traîner jusqu'à la cage de feu.

Mary avec anxiété hurla :

— Lâcher moi bande de psychopathes !

Un sbire lui répondit avec haine :

— Tais-toi ! s'énerve-t-il en giflant Mary.

La jeune fille tomba au sol, elle souffre du coup assez violent du sbire.

Le sbire, qui avait trouvé une clé, décide de la garder autour de son cou et de chercher d'où elle vient.

Alors, il s'approcha et regarda ses compagnons emmener Mary.

Ils jettent Mary, dans la cage, et s'en vont rejoindre la Sorcière Rouge.

AH ! AH ! AH ! Tu es dans mon piège espèce de petit démon ! cria de méchanceté la Sorcière Rouge.

La méchante femme s'approcha de la cage et prit Mary par les joues en expliquant diaboliquement :

— Julien viendra, mais il mourra dans la souffrance !

— Il te tuera, espèce de vieille sorcière immonde ! hurla Mary.

La Sorcière Rouge gifle la jeune fille et va dans la grande salle.

— Vous restez ici, pour vérifier si elle ne s'échappe pas, ou si le prince n'arrive pas ! décrète-t-elle.

— Très bien, répondent les deux sbires.

Les deux sbires se positionnent, pendant que d'autres se cachent derrière des blocs de pierre en feu, pour attendre Julien.

Mary dans sa cage fondit en sanglot, et ne pensa plus à rien, mais ne sut pas comment prévenir le danger immense au prince Julien.

— Comment je vais faire maintenant ? se questionne-t-elle, en murmurant seule dans sa cage.

Elle s'allongea dos face aux sbires et se mit à pleurer d'une grande tristesse.

Dans la grande salle, les sbires s'apprêtent à prévenir Julien, mais la sorcière changea rapidement d'idée, et décide d'envoyer sa chauve-souris.

Elle demande alors :

Va à la fontaine blanche, Julien y va tout le temps et essaye de lui dire que Mary l'attend ici avec une caverne de glace, mais ne dit pas de feu, car il se doutera de quelque chose.

La chauve-souris, de ses ailes, vola à toute allure vers la fontaine blanche.

En arrivant à la fontaine blanche, il trouva des animaux, qui cherchaient quelque chose.

C'était Mary qu'ils cherchent, mais ils ne la trouvent nulle pas dans les environs.

Quand soudainement un écureuil aperçut la chauve-souris de la Sorcière Rouge, il comprit que Mary a été kidnappée.

Repéré, la chauve sourit ce sauve et vole vers la caverne de feu.

L'écureuil appela, avec son cri, les autres animaux et les oiseaux ensemble, après discussions en langage animal, ils décident de retourner vers la chaumière de Mary, prévenir la fée argentée.

Chapitre 7
L'inquiétude du prince

Dans cette nuit, sous les brillantes étoiles, Julien trotta avec une allure équilibrée.

Il était impatient de retrouver Mary dans la chaumière.

— J'espère qu'elle est toujours ici, se demande-t-il.

Mais, il entendit un étrange bruit, il se demandait d'où elle venait.

Que ce que c'était ? De quoi s'agit-il ?

Tout était confus dans l'esprit du jeune prince Julien.

Sans s'occuper de cet étrange bruit, Julien continua son chemin vers la chaumière de Mary, avec une inquiétude profonde.

— Je ne sens rien de bon, un mauvais présage, s'inquiète le prince.

Il décida de descendre de son cheval, et de continuer à pied avec son animal, mais il avait l'œil partout, et posa doucement sa main gauche sur son épée qui était en glace.

Il était prêt à s'en servir en cas d'urgence majeure.

Sans parler, il marcha rapidement sous les craquements des branches au sol, jusqu'à la chaumière de sa bien-aimée.

Après quelques minutes, il sortit de la grande forêt, il siffla en joie la chanson qu'avait chantonnée Mary.

— J'y suis enfin, j'espère qu'elle me pardonnera de mon terrible retard, dit le prince à son cheval.

Il lâcha les rênes de l'animal et trouva la chaumière de Mary, mais il entendit aucun bruit.

Sans s'inquiéter, il raconte :

— Elle doit dormir, je pense, je vais éviter de la faire peur, chuchote Julien.

Il s'approcha de la porte d'entrée, et toqua doucement avec silence.

— Il y a personne ?

Il toqua de nouveau, et très inquiet, il rentra dans la chaumière et dit :

— Il y a quelqu'un ? hurle-t-il.

Il s'avança en silence en toute discrétion et fouilla les pièces une par une, mais ne trouve personne.

Mais il trouve quelque chose d'étonnant, toute la chaumière est saccagée, les meubles tombés des trous dans les draps, Julien avait peur.

— Elle est partie, elle doit m'en vouloir de ne pas être venu plus tôt ? se questionne et s'attriste le prince.

Il s'assit sur une chaise en bois, les larmes dans ses yeux étaient visibles.

— Je ne la reverrai plus jamais ! pleure le prince Julien.

Mais soudainement, une lueur en argent se forme devant lui, il se demandait ce que c'était.

Une silhouette était présente devant lui.

Alors Julien demanda :

— Qui êtes-vous ?

— Majesté, je suis votre guide, je suis la fée argentée, mais où étiez-vous Mary vous attendez depuis très longtemps ? demande la fée argentée.

— Je suis désolé, mais j'avais des problèmes à régler, mais le principal, c'est que je suis là, mais où est Mary ? demande en expliquant Julien.

La fée, pardonna le prince avec bon cœur, mais elle lui explique que Mary celle qu'il aime est partie depuis fort longtemps.

— Où est-elle partie au juste et que ce qui s'est passé ici ?

— Mary vous attendez, alors je l'ai envoyé vous rejoindre dans votre château en direction du nord en passant par la fontaine blanche, quant au dégât je l'ignore.

Le prince, très très inquiet, demande :

— Elle est partie depuis combien de temps ? demande-t-il.

La fée s'approcha d'une fenêtre et dit avec calme :

— Mary est partie en début de soirée, je lui est conseillé de prendre cette direction au nord, dit-elle en pointant le nord du doigt.

Julien se mit à paniquer, car selon lui, elle serait déjà arrivée dans le château depuis un bon moment déjà.

— Ça ne prend pas plus de trente minutes de route, il a dû se passer quelque chose de mal, il faut que je la retrouve ! s'exprime avec mal le jeune et beau prince.

Ensemble, ils pensent qu'un drame a pu se produire en chemin, le prince Julien réfléchit à quoi ?

La fée répondit brièvement :

— Je pense que quelqu'un ou quelque chose chercher Mary, mais qui et quoi, ainsi que pourquoi ? se questionne la fée argentée.

Julien se lève de la chaise et s'apprête à quitter la chaumière quant au moment la fée argentée, décida de le suivre afin d'éviter les mauvaises surprises.

— Je vous accompagne nous ne savons jamais, des mauvaises surprises.

— Ce sera avec plaisir, répondit le prince Julien.

Ils quittent alors la chaumière de Mary et s'approchent du cheval du prince.

Mais ils entendirent un étrange bruit dans les bois.

— C’est la seconde fois que j’entends ça ! panique le prince.

Mais ce bruit se rapproche tellement vite vers lui, qui posa sa main droite sur la manche de son épée en glace, et qu’il reste très attentif.

— C’est quoi au juste ? demande la fée argentée.

— Je n’en sais rien du tout, mais ça se rapproche vite vers nous, reste sur tes gardes, c’est possible que ce soit une créature de la forêt.

Ils avaient l’œil attentif sur les arbres qui les entourent, quand soudainement, les animaux qui accompagnaient Mary arrivent de toute allure et agrippent la cape orange du prince et la robe argentée de la fée afin de les prévenir du danger.

— Mais que-ce-qui se passe ! s’exclame Julien.

— Je ne sais pas ils sont complètement fous, répondit la fée.

Mais deux oiseaux attirent le prince et la fée vers un rocher et expliquent la situation par théâtre.

— Mary ? Une chauve-souris !

Le prince Julien comprit alors que Mary est entre les griffes de la Sorcière Rouge.

— La Sorcière Rouge détient Mary dans sa caverne ! s’exprime le prince Julien.

— Qui est-elle ? demanda la fée argentée.

Le jeune prince raconta alors l’histoire de la Sorcière Rouge en détail.

— La Sorcière Rouge et une femme diabolique, elle veut obtenir le pouvoir sur le royaume en se débarrassant de moi, elle retient Mary dans sa caverne de feu, afin que je tombe dans son piège terrible, raconte Julien.

— Allons-y à la caverne de feu, je m'occuperai de détourner leurs intentions.

Julien explique qu'il veut aller seul pour régler le problème de la Sorcière Rouge.

— Je veux y aller seul dans la caverne, c'est trop dangereux pour toi, prévient le prince.

— Comme vous voudrez, je resterai vers l'extérieur et j'attendrai, répond la fée argentée.

Il grimpa sur son cheval et galopa à toute vitesse vers la caverne souterraine de feu, suivit par la fée qui vol de toutes ses ailes et des animaux.

Ils traversent la forêt dans cette nuit d'étoiles, et dans le chemin, Julien essaye de trouver une solution afin de délivrer Mary et échapper de la caverne souterraine de feu, la Sorcière Rouge, et de ses sbires.

Chapitre 8
Le face-à-face

Julien en galopant, il était toujours très inquiet pour Mary.

Toujours en pleine réflexion, sur le plan d'action qu'il va engager contre la Sorcière Rouge.

Dans leur chemin, la fée explique alors d'un ton inquiet :

— Je sens un immense danger aux alentours ! s'inquiète-t-elle.

— Moi aussi, je sens le danger, mais je n'ai pas le choix d'y aller dans la caverne souterraine de feu, répondit le prince Julien.

Ils sortent de la forêt et arrivent devant l'entrée de la caverne souterraine de feu.

Le jeune prince descendit de son cheval et demanda à la fée argentée :

— Reste ici, j'y vais seul, décrète-t-il.

— Bien majesté, nous vous attendons, mais soyez très prudent face à elle, rassure la fée argentée.

Notre jeune prince remercia la fée et les animaux, avec un petit sourire, il s'avança vers la caverne souterraine de feu.

Soudainement, il entendit un craquement de branches, un bruit qui l'inquiéta.

Julien tourna rapidement sa tête vers le coin où il entend ce fameux craquement, mais c'était quoi ?

— Je suis sûr que les hommes de main de la Sorcière Rouge, me surveillant.

Sans réfléchir, il lança sa dague vers le son qu'il avait entendu, mais ce qui tombe, l'avait prévenu.

C'était un sbire de la Sorcière Rouge qui surveillait les alentours.

Le prince resta calme et prit une profonde respiration et garde son inquiétude pour Mary.

Après quelques pas dans la verdure morte, il rentra dans la caverne souterraine de feu et espéra ne pas croiser la Sorcière Rouge.

— Il ne faut surtout pas qu'elle me voie cette sorcière, murmure-t-il.

Il prit une torche qui était accrochée sur le mur de feu, et fit des petits pas très lente.

Quand soudainement, la pièce s'éclaircit de plus en plus et arriva dans la grande salle, mais il ne vit pas la Sorcière Rouge mais ses sbires qui dormaient profondément, avec des armes, bien équipés.

Sans se douter, il dit alors :

— Tout est parfait, ils dorment, dit-il.

Mais tout à coup, il fut capturé par deux sbires et les autres se réveillent pour les aider, ils ne dorment pas, ils faisaient semblant.

— Lâchez-moi ! Bande de créatures immondes ! hurla le prince Julien.

Il se débat, sous le regard de la Sorcière Rouge qui observe en détail, sa réussite.

Après être ligoté, la Sorcière Rouge s'approche du prince Julien et dit avec un ton de joie et diabolique :

— Ho, quelle bonne surprise, je pensais qu'il ne retrouverait pas sa bien-aimée, mais finalement oui ! AH ! AH ! AH ! Emmenez-le dans la cage, je vais lui préparer une merveilleuse surprise de bienvenue, et faut réfléchir aux projets de conquête.

Les sbires furent traînés le prince à terre et arrivent dans la fameuse cage, qu'ils le jettent dedans et la Sorcière Rouge ferma la cage avec de la magie noire.

— Patience, tu ne soufreras plus du tout dans quelques heures, explique de méchanceté la Sorcière Rouge.

Julien ligoté des mains, essaya par tous les moyens de se libérer le plus vite possible, mais en se retournant, il aperçut la jeune Mary de dos avec sa robe marron comme la terre, il s'écria alors :

— Mary ! Mary !

La jeune fille ouvra ses yeux et se retourna et voit Julien.

Heureuse, elle s'approcha de lui et dit :

— Julien c'est un piège de l'autre folle dingue.

— Je sais, je suis au courant, depuis le début, je suis là pour te libérer d'elle ! explique le prince.

Julien demanda alors à Mary comment elle va, et elle lui répondit avec joie :

— Je vais bien merci, mais comment allons-nous sortir d'ici ?

— Aucune idée.

Mary défait le nœud qui coince les mains du prince Julien, et essaye de trouver une solution pour échapper au piège de la Sorcière Rouge.

Pendant ce temps toujours dans cette magnifique nuit d'étoiles, la fée argentée patienta depuis un bon moment avec les animaux.

Mais elle se dit :

— Il prend trop de temps, je sais qu'il m'a demandé de rester là, mais je prends le risque d'y rentrer ! s'exprime-t-elle.

La fée, ne perdit pas son temps elle s'avança et trouva la dague du prince Julien sur la dépouille d'un sbire, qu'elle le ramassa, et continue sa route, puis elle rentra dans la caverne seule, mais en restant sur ses gardes.

Avec sa baguette, elle a vu des sbires patrouiller, mais une idée lui vient en tête :

— Je vais les transformer en verre, ils ne me gêneront plus du tout, ces immondes créatures.

Elle leva sa baguette magique est prononce un sortilège et quelques secondes après, les sbires de la sorcière furent transformés en verre et la fée se dit :

— Une chose de fait !

Elle s'avança vers la grande salle ou il y avait le trône de la Sorcière Rouge, et puis regarda à droite, puis à gauche et elle vue quelque chose, une porte sur une deuxième pièce.

— Il doit être là, murmura la fée.

Elle franchit alors cette porte et vue une grande table, et une cage au fond.

— Julien, Mary ! hurle-t-elle.

Les deux amoureux regardent brusquement la fée et disent :

— Mais, que ce que tu fais là ?!

— Pas le temps de vous expliquer, répondit la fée.

— Tu n'écoutes pas mes recommandations ? soupçonne Julien.

La fée déverrouille la serrure, ensorcelée par de la magie noire grâce à la puissance de la baguette magique.

Julien et Mary sortent de la cage et la jeune fille dit :

— Merci, beaucoup, mais comment m'avez-vous retrouvé ?

— Grâce aux animaux de la forêt qui t'accompagnent depuis le début, répond Julien.

— Et moi, j'ai trouvé que vous avez pris trop de temps alors, je suis venue.

Julien approuve la fée, et pense que le choix qu'elle a fait été le bon.

La fée argentée regarde Julien et lui rend sa dague, que le jeune prince la remercia tendrement.

Mais, pendant leurs discussions, ils furent espionnés par la chauve-souris de la Sorcière Rouge.

— L'animal a volé en battant ses propres ailes pour prévenir sa maîtresse.

Mais sans se douter, La fée argentée, le prince Julien et Mary décidèrent de fuir la caverne de feu, le plus vite possible.

— Partons d'ici avant que la sorcière ne nous trouve et ses sbires !

— Aucun problème, les sbires sont transformés en verre et la sorcière ne se doute de rien, rassura la fée argentée.

Ils contournent la grande table et arrivent dans la grande salle, en essayent de prendre le chemin de la sortie, quand soudainement, une boule de feu leur barre le chemin.

Ils se demandent ce que c'était, et ils voient la Sorcière Rouge très énervée devant eux.

Elle prononce avec haine :

— Vous ne sortirez jamais d'ici, misérable ! s'exprime-t-elle.

Julien demanda à Mary et la fée de reculer, et elles se reculent doucement, pendant que Julien saisit son épée de glace.

Notre jeune prince et la Sorcière Rouge se regardèrent et restèrent immobiles pendant un bon moment.

Après avoir regardé les yeux entre eux, le combat débuta entre le prince Julien et la Sorcière Rouge.

Leur combat était très serré, la sorcière n'hésita pas à utiliser la magie du feu contre notre jeune prince.

Quand soudainement, la chauve-souris, qui regarder attentivement le combat, décide de vouloir aider sa maîtresse.

Il vola et attaqua le prince par tous les moyens qu'il avait en tête.

Mais sous le regard de Mary et de la fée argentée, elle dit alors :

— Mary reste ici, je vais m'occuper de cette bête immonde !

— Mais c'est risqué, n'y va pas ! répondit Mary avec un stresse.

La fée n'écouta pas Mary, et avec ses ailes de fée et vola vers la chauve-souris et avec sa baguette magique, elle lança plusieurs sortilèges contre l'animal de la Sorcière Rouge.

Mais l'animal vit la fée et ses sortilèges, il évite alors tous les moyens de lui échapper.

— Toi, je t'aurai ! hurla la fée argentée.

Pendant qu'elle vise la chauve-souris, une course poursuite s'engage entre eux, mais la fée resta concentrée, et ferma ses yeux.

Mais d'un seul coup, elle brandit sa baguette et lança un sortilège et toucha l'animal de la sorcière, et se changea en cristal de verre.

— Bon débarras ! dit de joie la fée.

Et après, elle rejoint Mary, afin de la protéger des attaques de la Sorcière Rouge.

Au même moment, le combat était de pis en pis entre la méchante femme et le prince, la sorcière fut alors blessée au bras droit.

— Misérable ! souffre la Sorcière Rouge.

— L'autre bras sera aussi efficace ! rit méchamment le prince Julien.

La Sorcière Rouge entourée de flammes recula lentement et prit un grand souffle quand elle s'exprima d'une voix qui résonne dans la caverne :

— Tu as eu la mauvaise, idée de m'affronter, car maintenant tu vas devoir affronter les puissances des flammes ! hurle-t-elle.

Une explosion a retenti dans la caverne, et la Sorcière Rouge se transforma en un gigantesque aigle de feu, sous le regard de Mary, la fée argentée et le prince Julien qu'ils prirent de panique.

Le jeune prince livide devient de plus en plus inquiet d'affronter l'aigle de feu.

Sans réfléchir, notre jeune prince fonça sur l'aigle, mais fut repoussé par l'aigle avec la puissance du feu.

Alors, il se releva rapidement, et, avec son épée de glace, et court se cacher, pour trouver un plan d'attaque.

Caché, sans savoir où l'aigle se trouve, Mary et la fée, mit à l'écart du combat, regardent l'aigle, sans se douter de ce qui se passe, le prince Julien, fit une terrible erreur mais quoi ?

— J'ai dû faire une erreur, chuchote-t-il.

Il regarda alors l'aigle, et il voit que l'animal s'approcha de Mary et la fée argentée, mais une idée lui vient en tête, et il grimpa les murs pour prendre de la hauteur.

Pendant qu'il monte, l'aigle s'approcha d'une vitesse vers Mary et la fée.

Prirent de panique la fée pousse Mary sur le côté et cria :

— Pousse-toi, va-t'en ! cria la fée.

— Mais attends ! répondit la jeune fille.

L'aigle attaqua la fée avec le feu, mais grâce à sa baguette magique, elle bloqua le sortilège.

— Protection ! hurla-t-elle.

Mais rien n'arrête l'aigle, quand soudainement, l'animal éjecte la fée contre un mur, et s'approcha de Mary, en hurlant ainsi, d'une voix diabolique :

— Vive le malheur amoureux ! AH ! AH ! AH ! Au moment où l'aigle allait tuer Mary, une chose est tombée sur le dos de l'animal, mais quoi ?

— C'était le prince, et d'un seul coup, il enfonce son épée de glace sur la nuque de l'aigle.

— Crève ! hurle méchamment le prince.

L'aigle souffre d'une grande douleur et s'effondre dans les flammes de la caverne souterraine de feu et une explosion retentit.

Julien sauta au sol, et s'approche de sa bien-aimée et ensemble ils rejoignent la fée argentée.

Mais, ils entendent, un bruit, que la fée dit :

— Il faudrait partir d'ici, le plus vite possible !

Ils courent tous vers la sortie, en évitant les pierres qui chutent sur eux, et la fée argentée trouva une clé sur un sbire de la Sorcière Rouge, et la prend avec rapidité, et quelques secondes, ils sortent de la caverne souterraine de feu.

Dehors, ils reprennent leurs souffles, et retrouvent les animaux qu'ils ont attendus.

Ils se retournent vers la caverne qui se détruit et explose et tout disparaît du paysage sous leurs yeux.

Chapitre 9
Le bonheur est de retour

Suite, après l'explosion de la caverne souterraine de feu, le prince Julien prit un grand souffle et regarde Mary et prend ces mains.

— Mary, j'espère que tu m'en voudras pas, de ne pas être venu te voir ?

— Mais, non, ne t'en fais pas de soucis, mon cher Julien, le principal c'est que je te retrouve, répond-elle.

Heureux, le prince Julien lui expliqua pourquoi, il était en retard.

— Je comprends mieux maintenant, tu es pardonné, explique Mary.

— Mais sais-tu que tu es magnifique dans cette robe marron comme la terre ?

Mary sourit de joie et prit le prince Julien dans ses bras.

Ensemble avec la fée argentée et les animaux, ils décident d'aller à la fontaine blanche.

Le prince porta Mary et la pose sur son cheval et part en direction de la fontaine.

— Tout ce fini bien, raconte la fée argentée.

— Je suis totalement d'accord avec toi, répondent Julien et Mary.

Ils rentrent dans la grande forêt et en sourient, ils sifflent de joie.

Après quelques minutes sous la nuit des étoiles, ils arrivent devant la magnifique fontaine blanche.

La lumière de la fontaine qui brillait avec un beau blanc, Mary descendit du cheval du prince, et, avec lui, ils s'avancent seuls jusqu'à la fontaine, pendant que la fée et les animaux restent à l'écart.

— Tu as réussi à trouver, l'endroit que j'aime beaucoup, explique le jeune prince.

— J'ignorais que tu aimais cet endroit merveilleux, répondit la jeune fille.

Mary s'assit sur le rebord de la fontaine blanche et posa son bras ganté dans l'eau quand Julien dit :

— Cette fontaine appartient au château, mon père la fait construire le jour ou il s'est marié avec ma mère.

— Que c'est romantique ! parle la jeune fille.

Julien observa attentivement Mary qui avait sa robe marron comme la terre.

Il la regarda avec beaucoup d'amour et lui posa une question :

— Mary ! Veux-tu venir vivre dans le château ? demande Julien.

La jeune fille, heureux accepta la proposition de son bien-aimé.

La fée s'approcha d'eux et prit la clé qu'elle avait prise à un sbire dans la caverne de feu quant à moment Mary demanda :

— Que fais-tu ?

La fée sans dire un mot regarda la fontaine et remarque une serrure, et elle enfonça la clé dedans et la fontaine brilla avec un magnifique bleu.

La fée recula et rejoint les animaux, et notre jeune prince Julien, prit la main de Mary et ensemble, ils se placent au centre, sous le regard joyeux de la fée argentée et des animaux.

— J'aime ce genre de fin heureuse, dit en pleurant de joie la fée argentée.

Ils continuent à regarder les amoureux, qui dansent au-dessus de la verdure des herbes et des fleurs qui orner tout l'endroit.

— Je serai toujours auprès de toi, dit Julien avec un grand sourire sur ses lèvres.

Mary le remercia et lui donna un baiser d'amour profond, et lui murmure à l'oreille de Julien :

— Moi aussi, je t'aime et je serai auprès de toi, murmure Mary.

Ils ne quittèrent pas le regard de l'un et de l'autre sous les étoiles filantes qui apparaissent au ciel noir.

Pendant qu'ils dansent, les oiseaux volent au-dessus d'eux en faisant tomber des paillettes lumineuses, quant au moment, ils s'arrêtent et Mary parle :

— Je suis heureuse, pleure Mary joyeusement.

Ils regardent le ciel, pendant que Julien sécha les larmes de Mary.

Alors, après, ils se dirigèrent vers la fée et les animaux et Mary dit :

— Merci beaucoup, ma fée, et merci à tous !

— Mais, de rien, tu sais que je serai toujours la à tes côtés mon enfant, tu le sais bien, répondit avec sourire la fée argentée.

La jeune fille prend les mains de la fée et ce met lui donner un baiser sur sa joue, ensuite elle s'approcha des animaux et les embrassa tendrement avec bonheur.

— Merci, de m'avoir soutenue touts ce temps, merci infiniment ! raconte Mary aux animaux.

Ces animaux, poussent des petits cris, sous les yeux de Mary et Julien qu'ils sourient de bonheur.

Julien posa ses mains sur les épaules de Mary et lui expliqua :

— Il faut partir maintenant.

— Oui, nous allons partir, raconte-t-elle.

La fée montra ses larmes de joie, quand Mary l'observa et lui explique :

— Tu viendras me voir quand tu voudras, ma fée, tu as dit que tu seras toujours auprès de moi.

La fée argentée sèche ses larmes de joie, et Mary s'approcha avec son prince vers le cheval.

Le prince Julien porte Mary dans ses bras, fait un tour sûr lui-même et la pose à terre.

— Tu es à l'aise Mary ? demande Julien.

— Je vais très bien, même toute joyeuse, répondit Mary très heureuse.

Ils marchent ensemble, mais avant de partir, Mary et le prince Julien remercient les animaux et la fée argentée en leurs disent un dernier au revoir.

— Au revoir, dit Mary avec un grand sourire en leur lançant un baiser aux animaux et la fée argentée.

— Au revoir et à bientôt, sois heureuse à jamais, répondit la fée qui est toute souriante et pleine de joie immense.

Mary s'éloigna d'eux, et avec Julien qui tient les rênes de son cheval.

— Tu veux monter sur le cheval mon amour ? demande Julien à Mary.

Mary caressa le cheval du prince en ayant un grand sourire joyeux, et elle lui répond avec douceur :

— Non, je te remercie, marcher n'est pas plus mal, explique Mary.

Sans continuer leurs conversions ils marchent dans le calme vers le château du prince en s'échangent un grand regard amoureux et sourient de bonheur et s'embrassent et ils vécurent heureux pour toujours avec beaucoup d'enfants.

Inspiration

La mythologie, l'histoire, les auteurs et la vie quotidienne m'ont beaucoup inspiré à l'écriture.

Remerciements

Je remercie très chaleureusement, mon entourage, pour m'avoir soutenu, aidé à créer, corriger et réaliser ce livre…

Et bien entendu de nombreux auteurs et réalisateurs notamment :

C.S Lewis, les Studios de Walt Disney et Walden Média :

(La Sorcière Blanche dans : Le Monde de Narnia).

Les Frères Grimm et les Studios de Walt Disney (Blanche-Neige et les Sept Nains).

Charles Perrault et les Studios de Walt Disney (Cendrillon et La Belle au Bois Dormant)

Qui m'ont beaucoup inspiré.

Imprimé en Allemagne
Achevé d'imprimer en novembre 2020
Dépôt légal : novembre 2020

Pour

Le Lys Bleu Éditions
83, Avenue d'Italie
75013 Paris

www.ingramcontent.com/pod-product-compliance
Lightning Source LLC
LaVergne TN
LVHW050340160826
845677LV00014B/3713

* 9 7 9 1 0 3 7 7 1 6 0 8 8 *